Liz Cotterill

O

CW01667663

Håkan Nesser

Ormblomman

Bearbetad av Johan Werkmäster

LL-förlaget

Centrum för lättläst är:
LL-förlaget – lättlästa böcker
8 SIDOR – den lättlästa nyhetstidningen
Lättläst-tjänsten – bearbetningar och kurser
Läsombud – inspirerar till högläsning
Mer information om oss finns på www.lattlast.se

LL-förlaget
Box 9145
102 72 Stockholm
Telefon 08-640 70 90
www.ll-forlaget.se

© 1999 Håkan Nesser, Johan Werkmäster och LL-förlaget
Omslagsbild Carina och Torbjörn Länk
Papper Scandia 200 gultonat 100 g
Typsnitt Sabon
Tryck Kristianstads Boktryckeri AB, 2008
Tredje tryckningen
ISBN 978 91 8904 245 2

1.

En kväll i juni förändrades mitt liv.
Min hustru Clara sade
att hon inte älskade mig längre.
Vi har varit gifta i 25 år.
Vi har två vuxna döttrar.
Både Clara och jag är lärare.
När sommarlovet skulle börja
berättade hon att hon ville skiljas.

– Har du träffat en annan man? frågade jag.

– På sätt och vis, sade hon.

Jag tyckte att det var ett konstigt svar.

Jag var förvånad
men inte ledsen eller arg.
Jag och Clara har nog aldrig älskat varandra,
inte på allvar.

Jag har bara varit riktigt kär en gång i mitt liv.
Det var för trettio år sedan.
Nu är jag 49 år. Den gången var jag nitton.
Jag älskade en flicka som hette Vera Kall.
Hon kallades för Ormblomman.
Den här berättelsen handlar om henne.

Clara hade sagt att hon ville skiljas.
Hon hade träffat en annan man.
Jag satt och funderade på
vem den mannen kunde vara.
Plötsligt ringde telefonen.
Jag lyfte luren och svarade.

– Är det Henry Maartens? frågade en röst.

– Ja, det är jag, svarade jag.

– Hej! Det här är Urban Kleerwot.
Minns du mig?

Jag fick tänka efter en stund,
men sedan kom jag ihåg.
Visst mindes jag Urban.
Vi gick på gymnasiet tillsammans
för trettio år sedan.
Vi har inte träffats sedan dess.

– Tjenare, Urban! sade jag.
Det var längesen.

– Ja, hur har du det? frågade han.

– Tack, bra, svarade jag.
Min hustru har just sagt att hon vill skiljas.

Urban hostade till och blev sedan tyst.

– Vad vill du? frågade jag.

Urban berättade
att han hade skrivit en berättelse.
Han hoppades att den skulle bli en bok.
Han ville att jag skulle läsa den.
Han visste att jag är språklärare.

– Du var ju duktig i svenska
redan på gymnasiet, sade han.
Jag vill att du ska läsa min berättelse
och hjälpa mig att rätta språkliga fel.

Urban hade en sommarstuga vid en sjö
strax utanför den stad,
där vi gick på gymnasiet tillsammans.

– Kan du inte åka dit och hälsa på
ett par veckor i sommar? frågade han.
Vi kan fiska och prata om gamla tider,
och så kan du läsa min berättelse
och rätta den.

Jag tyckte att det lät som en bra idé.
Jag och min hustru skulle ju ändå skiljas.
Jag ville komma bort från henne
så fort som möjligt.

– Jag kan vara där om en vecka, sade jag.
Jag har inte varit i de där trakterna
sedan jag tog studenten.

– Vad fan säger du! sade Urban.
Har du inte varit där på trettio år?
Varför då?

– Det har sina förklaringar, sade jag.

– Menar du det där som hände? frågade han.

Jag svarade inte.

– Nåja, vi kanske kan tala om det också,
sade Urban.

Vi kom överens om att träffas
vid stadens gymnasium klockan tolv,
mitt på dagen, om precis en vecka.

Under tiden som jag pratade i telefon
hade Clara gått och lagt sig.
För några timmar sedan hade hon sagt
att hon ville skiljas.
Jag gick inte och lade mig bredvid henne
i vår säng.

I stället bäddade jag åt mig i gästrummet.

När jag hade lagt mig
tänkte jag inte på Clara och vårt äktenskap.
Jag tänkte på hur det skulle bli
att återse staden
som jag bodde i för trettio år sedan.
Det var där jag var ung.
Det var där jag var kär.
Jag hade aldrig trott att jag skulle återvända.

2.

Jag ger mig iväg tidigt på lördagsmorgonen.
Det är dagen efter skolavslutningen.
Min fru ligger fortfarande och sover.
Jag har sagt att jag ska resa bort,
men jag har inte talat om vart jag tänker åka.

Jag sätter mig i bilen och kör mot staden
som jag bodde i när jag var ung.
Jag flyttade dit med mina föräldrar
när jag var femton år.
Nu är jag på väg tillbaka.
Det är en lördag i juni trettio år senare.
Jag ska träffa Urban först på måndag.

Jag vill ha två dagar för mig själv i staden,
innan jag möter min gamle vän.
Jag har ringt och bokat rum
på Hotell Continental.
Där ska jag bo två nätter.

Jag parkerar bilen och går in i hotellet.
En rödhårig flicka hälsar mig välkommen.
Hon ger mig nyckeln till mitt rum.
Jag tar hissen upp.
Tio minuter senare står jag i duschen.
Jag funderar på vad jag ska göra
under två dagar, alldeles ensam,
i denna lilla stad.

Jag äter middag i hotellets matsal.
Sedan återvänder jag till mitt rum.
Jag är trött och somnar tidigt.

Nästa dag vandrar jag runt i staden.
En del nya hus har byggts, men det mesta
ser ut på samma sätt som för trettio år sedan.

Torget är sig likt.
Jag känner igen bokhandeln, apoteket
och polisstationen.
Jag passerar gymnasieskolan
som inte heller har förändrats.
Jag får hjärtklappning
när jag går förbi min gamla skola.

Sent på eftermiddagen återvänder jag
till hotellet.
Den rödhåriga flickan på hotellet
ger mig nyckeln till rummet.

– Det finns ett meddelande också,
säger flickan.

Hon ger mig ett kuvert.
Jag tackar, stoppar kuvertet i fickan
och tar hissen upp till mitt rum.
Jag gissar att det är ett brev från Urban,
men det visar sig att jag har fel.
Meddelandet är kort och skrivet för hand.

Jag stirrar länge på det:

På tiden att du kom tillbaka.
Jag hör av mig.
Vera Kall

Plötsligt blir jag alldeles yr.
Jag är tvungen att sätta mig på sängen.
Hur kan en kvinna
som har varit död i trettio år
veta att jag har återvänt till staden?
Hur kan Ormblomman ha skrivit
ett meddelande till mig?
Hon är ju död.

3.

Jag gick i samma klass som Vera Kall
under mina två sista år på gymnasiet.
Jag blev förälskad
redan första gången jag såg henne.
Hon hade långt, mörkt hår
och gröna, mandelformade ögon.
Hon hade ett underbart leende
och en liten lucka mellan framtänderna.

Jag tror att alla killar i klassen
var kära i Vera Kall,
men hon tycktes inte vara intresserad
av någon av oss.

Ormblomman var inte den sortens flicka
som hade sällskap med pojkar.
Hon gick aldrig ut och dansade.
Hon kom aldrig på våra klassfester.
Vera Kall höll sig hemma.
Eller rättare sagt:
hennes föräldrar såg till
att hon höll sig hemma.

Hon bodde i ett hus i skogen
en mil utanför staden.
Hennes pappa var präst och mycket sträng.
Han skulle aldrig ha låtit dottern
gå på dans eller fest, inte i vanliga fall.
Men en gång lät han henne
gå på en fest trots allt.
Det var två dagar innan
vi skulle gå ut gymnasiet.
Det var en stor studentfest.
Det var en kväll i maj 1967.

Alla var med på festen.

Skolans rektor var där,
liksom alla lärare
och alla elever som skulle gå ut gymnasiet.
Till och med Vera Kall var med.

Hon hade cyklat in till staden
på eftermiddagen.
På pakethållaren hade hon en väska
med finkläder.
Hon duschade och bytte om
hemma hos en klasskamrat som hette Claire.
Claires föräldrar hade gärna låtit Vera
sova över där,
men Veras pappa hade bestämt
att dottern skulle cykla hem
när festen var slut.

Man kan undra om det var så klokt
att låta en vacker flicka
cykla ensam genom skogen mitt i natten.
Det undrade i alla fall tidningarna
när de började skriva om Vera Kall.

Så här i efterhand
verkar det förstås inte riktigt klokt.
Hon borde ha fått sova över
hos sin klasskamrat.
Vera Kall försvann nämligen spårlöst
den natten.

Under festen verkade hon glad.
Hon åt och drack vin.
Hon pratade, skålade och sjöng.
Strax efter klockan elva på kvällen
lämnade hon festen.
Hon satte sig på cykeln
och trampade iväg i sommarnatten.
Ingen har sett henne sedan dess.

4.

Nästa morgon sitter jag i hotellets matsal
och äter frukost.
Samtidigt tänker jag på meddelandet jag fick.
Hur kan en kvinna som dog
för trettio år sedan
plötsligt skriva till mig?
Är meddelandet falskt
eller är Vera Kall inte död?

Jag har alltid trott att hon blev mördad
den där varma natten för trettio år sedan,
men kanske är det inte så.
Kanske valde hon i stället
att fly bort från sina stränga föräldrar.

Kanske har hon hållit sig undan sedan dess.

Men det verkar otroligt.
Varför skulle hon försvinna frivilligt
två dagar före sin studentexamen
utan minsta förvarning?
Det verkar alltför konstigt för att vara sant.
Men denna måndagsmorgon trettio år senare
börjar jag undra
om det ändå kan vara möjligt.
Kanske lever Ormblomman trots allt.

Några timmar senare lämnar jag hotellet.
Klockan tolv ska jag träffa
min gamle klasskamrat Urban Kleerwot.
När jag kommer fram till gymnasiet
står han redan och väntar vid skolans port.

– Helvete! Henry! säger han skrattande.

Han kramar mig så hårt
att han nästan mosar mig.
Han är lång och stor.
Han måste väga en bra bit över hundra kilo.
Jag har inte sett honom på trettio år.
Hans hår har blivit grått
och han har glasögon och skägg.
Ändå känner jag igen honom.

– Du är dig precis lik, Urban, säger jag.

– Du också, Henry, säger han.
Du ser precis ut som förr, tamejfan.

Han undrar om jag vill se mig omkring
i staden.
Jag berättar att jag redan har varit där
i två dagar.
Det räcker.

– Bra, säger Urban.
Då kan vi åka till min stuga direkt.

Urbans stuga ligger vid en sjö.
Det är en varm dag.
Vi tar oss ett svalkande dopp i sjön.

Urban säger ännu ingenting
om berättelsen som han har skrivit,
och som jag har kommit hit för att läsa.
Men på kvällen ger han mig
en tjock bunt papper.
Det måste vara flera hundra sidor.

– Det är en kriminalroman, en deckare,
förklarar Urban.

Jag blir förvånad.
Jag hade väntat mig något annat.
Aldrig hade jag trott
att Urban Kleerwot skulle skriva en deckare.

– Apropå deckare, säger jag.

Jag kom just att tänka på Vera Kall.
Fick man någonsin veta
vad som egentligen hände med henne?

Urban svarar inte genast.
Han sitter tyst en stund och stirrar på mig
på ett sätt som gör mig nervös.
Jag börjar svettas i handflatorna.

– Henry, säger han till sist.
Jag har alltid trott
att du hade något att göra med
att hon försvann.
Jag tror att du vet mer än andra
om vad som hände.

Han gör en paus.
Sedan harklar han sig och fortsätter:
cleared his throat

– Om du vet någonting,
så kan du berätta det för mig.
Fallet preskriberades för fem år sedan.
The case was barred

Ingen kan längre dömas för mordet.
Om det var du som slog ihjäl henne,
så går du fri i alla fall.

Plötsligt brister han ut i ett gapskratt.
Jag sitter tyst en stund.
Sedan börjar jag berätta.

5.

Den där studentfesten för trettio år sedan
minns jag som ganska tråkig.
Ungefär klockan elva på kvällen
bestämde jag mig för att gå hem.

När jag kom ut var luften varm
och full av dofter.
Jag tände en cigarrett
och började sakta promenera hemåt.
Det var då jag fick syn på Vera Kalls cykel.
Den stod slarvigt parkerad på trottoaren,
lutad mot ett staket.
Sedan såg jag Vera.
Hon var i trädgården på andra sidan staketet.

Antagligen hade hon gått dit
för att kissa bakom en buske.
Jag frågade inte.

– Hej, sade jag bara.

– Är det du Henry? Hej Henry,
sade hon och slätade till klänningen.
Hur är det?

– Hur är det själv? frågade jag.

I samma ögonblick märkte jag att hon var full
Vera Kall, Ormblomman
som alla killar älskade,
hade druckit lite för mycket vin.
Nu stod hon där framför mig och vinglade.
Herregud, tänkte jag.
Det kan inte vara sant.

– Jag mår så konstigt, sade hon och fnissade.

Hon tog ett snedsteg
och lutade sig mot cykeln.
Hon strök undan det långa, mörka håret
och såg på mig med sina gröna ögon.

– Vart är du på väg? frågade jag.

– Hem, sade hon. Jag måste hem.
Klockan är elva... men...

– Men vad då? sade jag.

– Jag mår inte så bra, sade Vera.
Eller rättare sagt mår jag riktigt bra,
men jag känner mig konstig.

Hon drog några djupa andetag.
Plötsligt hördes röster som närmade sig.
Av någon anledning ville jag inte
att någon skulle få syn på Vera och mig.

– Kom, jag följer dig en bit, sade jag.

Jag tog tag i cykeln med ena handen
och lade den andra handen på hennes axel.
När jag kände hennes nakna hud
svartnade det nästan för ögonen.
Hon lät min hand ligga kvar
och vi började att gå.

– Varför måste du hem? frågade jag.

– Pappa vill det, sade hon.

Sedan började hon gråta.
Jag tryckte henne intill mig
och det svartnade för ögonen igen.

– Vad är det med mig?
sade hon och snörvlade.
Jag förstår inte vad det är med mig.

– Du har nog druckit för mycket vin, sade jag.
Jag tror att det är bäst
att du väntar ett tag med att åka hem.

Hon såg på mig.
Hennes glimrande gröna ögon
var fulla av tårar.
Hon var så underbart vacker.

– Menar du att jag är full? frågade hon.

– Lite grann, sade jag.
Det är nog ingen bra idé
att du åker hem just nu.

– Luktar jag sprit? frågade hon.

Hon ställde sig på tå, öppnade munnen
och andades försiktigt över mitt ansikte.
Jag vet inte vad som hände med mig.
Jag vet bara att jag kysste henne.

Klockan var kvart i tolv
när vi kom in på mitt rum.

Vi hade inte sagt mycket
under de senaste tio minuterna.
Efter kyssen hade vi gått tysta,
tätt intill varandra, i sommarnatten.
Flera gånger hade jag undrat för mig själv
om det verkligen var sant
att jag gick där tillsammans
med den vackra Vera Kall.

Jag stängde dörren till mitt rum,
tog av mig kavajen och slängde den i en stol.

– Jag vill att vi lägger oss och sover,
sade jag till Vera.
En stund i alla fall.

– Ja, det gör vi, sade hon. En liten stund.

Hon tog av sig klänning, behå och trosor
och kröp ner i min säng.
Jag slet av mig kläderna
och kröp ner hos henne.

Vi älskade med varandra.
Jag älskade henne. Hon älskade mig.

När jag vaknade var hon borta.
Klockan var tjugo minuter över fyra.
Hon hade lämnat en lapp på mitt skrivbord:

> *Jag åker nu.*
> *Jag vet inte*
> *hur det kommer att bli,*
> *men jag vet att jag älskar dig.*
> *Vera*

Jag läste lappen hundra gånger.
En koltrast sjöng ute i trädgården.
Jag läste orden hundra gånger till.
Sedan somnade jag igen.

6.

Urban Kleerwot sitter orörlig
en lång stund efter att jag har slutat berätta.

– Det var som satan, säger han sedan.
Jag tror knappt mina öron.
Nog har jag haft på känn under alla dessa år
att du visste mer än du sade... men detta...
Varför gick du inte till polisen?
Du borde väl ha sagt till polisen
att du var tillsammans med Vera den natten?

Jag suckar.

– Vi får tala om det i morgon, säger jag.

Jag orkar inte prata mer om det i kväll.

Jag är trött. Det börjar bli sent.
Jag har suttit länge och berättat för Urban
om mitt och Veras kärleksmöte.
Jag har även berättat om meddelandet
som jag fick på hotellet.

– Kan du visa mig meddelandet? säger Urban.

Jag tar fram det ur kavajfickan
och ger honom det.
Han läser den korta texten
och ser sedan på mig.

– Men vad betyder det egentligen? säger han.
Det står ju Vera Kall.
För tusan, du tror väl inte att hon lever...
Nej, jag begriper ingenting.

– Inte jag heller, säger jag.
Jag orkar inte fundera på det heller.

Jag tror att det är dags att lägga sig.

Urban nickar.
Vi önskar varandra god natt och går till sängs

Redan vid frukostbordet nästa morgon
börjar Urban prata om Vera igen.

– Herregud, säger han.
Du älskade ju med Ormblomman
samma natt som hon försvann.
Det förändrar allting!

– Nej, det förändrar ingenting, säger jag.
Alla vet vad Vera Kall gjorde
fram till klockan elva på kvällen.
De vet hur dags hon kom till festen,
vilka hon satt bredvid,
vad hon talade om
och när hon gick därifrån.

Jag råkar veta vad hon gjorde
tre, fyra timmar till.
Men det förändrar ingenting.

Urban funderar en stund.

– Tror du att hon cyklade hem
när hon lämnat dig? frågar han.

– Vad skulle hon annars ha gjort? säger jag.

Han rycker på axlarna.

– Varför teg du? frågar han.
Varför berättade du inte för polisen
vad du visste?

Jag svarar inte.
Jag har inget bra svar.
Jag vet inte själv
varför jag aldrig sade någonting.

Kanske var jag rädd
att jag skulle bli misstänkt.
Men det var ju inte mitt fel att hon försvann.
Jag tyckte nog synd om
hennes föräldrar också.
De behövde inte få veta
att det sista som Vera gjorde i livet
var att dricka sig berusad
och ligga med en pojke.

– Vad skulle det ha gjort för skillnad
om jag hade berättat för polisen? säger jag.
De hade fått veta
att mordet skedde några timmar senare
än man trodde.
Men inget hade förändrats i sak.
En galning dödade Vera den där natten.

– Är du säker på det? frågar Urban.
Hur förklarar du i så fall
meddelandet som du fick på hotellet?
Vem har skrivit det?

– Det måste vara någon
som försöker skämta med mig, säger jag.

– Det är jag inte så säker på, säger Urban.
Har du berättat om din och Veras kärleksnatt
för någon annan?

Jag ruskar motvilligt på huvudet.

– Då så, säger Urban.
Vem skulle i så fall ha kunnat skriva
ett sådant meddelande?
Det är möjligt att Ormblomman lever.
Hon tog kanske chansen den natten
och rymde från sina stränga föräldrar.
Man har aldrig hittat
vare sig Vera eller hennes cykel.

– Men vart skulle hon ha tagit vägen?
frågar jag.
Jag tror inte på det där.
Vera är död.

Ändå hoppas jag att hon fortfarande lever.
Det har jag hoppats i trettio år.

En stor del av dagen
ägnar jag åt att läsa Urbans berättelse.
Den är faktiskt riktigt bra.
Historien är spännande
och det finns inte särskilt många språkliga fel.

På eftermiddagen gör jag en paus.
Jag lägger ifrån mig Urbans deckare
och tar en promenad längs sjön.
När jag kommer tillbaka
står Urban och väntar på mig.
Han ler på ett underligt sätt.

– Du kommer inte att tro mig, säger han.
Vera Kall kommer hit på lördag.

– Vad i helvete! säger jag.

Han visar mig sin mobiltelefon.

– Hon ringde på den här, förklarar han.
Hon kommer hit på lördag.
Hon vill prata med dig.

– Det är omöjligt, säger jag.

– Nej, ingenting är omöjligt,
säger Urban Kleerwot.

7.

Den andra kvällen i stugan
sitter Urban och jag och pratar ganska länge.
Luften är varm och myggorna surrar.
Vi dricker öl. Urban röker cigarr.
Vi pratar minnen från skoltiden.
Dessutom talar vi förstås om Vera Kall.
Jag frågar om telefonsamtalet:

– Hur lät hon? Vad sade hon?
Kände du igen hennes röst?
Hur tusan kan hon veta
att jag är här i stugan med dig?

Urban försöker svara så gott han kan.

– Rösten i telefonen sade
att hon var Vera Kall, berättar han.
Hon frågade efter dig.
Sedan sade hon att hon tänker komma hit
vid lunchtid på lördag.
Jag kände inte igen hennes röst
och hann aldrig fråga
hur fan det kommer sig
att hon fortfarande lever.

– Försökte du inte få reda på något mer?
undrar jag irriterat.

– Jovisst, säger Urban
och blåser cigarrök i ansiktet på mig.
Jag försökte men jag hann inte.
Hon var snabb med att lägga på luren.

Vi tycker båda att det är konstigt
att hon som kallar sig Vera Kall
hela tiden tycks veta
var hon kan få tag på mig.

Först visste hon
att jag bodde på Hotell Continental.
Nu vet hon att jag är med Urban i stugan.

– Vilka kände till att du skulle hit? frågar han

– Min fru... Nej, förresten, säger jag.
Jag talade aldrig om för henne
vart jag tänkte resa.
Det är bara du och jag som vet om det.

– Samma här, säger Urban.
Jag har inte heller berättar det för någon.
Ormblomman, eller vem det nu är,
måste ha upptäckt dig i staden.

– Ormblomman är död!
Tro inte något annat, säger jag.

– Jag tror vad jag vill, säger Urban.
Hur gammal är du?

– 49 år. Vad fan spelar min ålder för roll?
undrar jag.

– Du var nitton när du flyttade från staden,
säger Urban.
Du har inte varit här på trettio år.
Visst är du dig ganska lik,
men jag tror ändå att chansen är liten
att någon skulle känna igen dig.
I staden finns det bara ett ställe
där du har lämnat ditt namn.

– På hotellet, säger jag.

– Just det. Hotell Continental.
Någon där, Vera Kall eller någon annan,
måste ha känt igen ditt namn.
Det finns ingen annan förklaring.

8.

Nästa morgon kör vi till Hotell Continental.
Jag sitter kvar i bilen
medan Urban går in
för att ställa några frågor.
Efter ett par minuter kommer han tillbaka.
Han rycker på axlarna.

– Hon visste ingenting, säger han.

– Vem pratade du med? frågar jag.

– En rödhårig tjej, säger Urban.
Jag frågade efter Vera Kall.

Jag sa att jag tror att hon jobbar på hotellet,
men den rödhåriga påstod
att det inte finns någon med det namnet där.

– Vad fan gör vi nu då? frågar jag.

Urban funderar en stund.

– Vi åker till hennes hem, säger han sedan.
Vi kör till huset där Ormblomman bodde.

Vi åker iväg.
Vägen blir smalare och smalare.
Några hus syns inte till,
bara varm, doftande barrskog.
En stund tror jag nästan att vi har kört vilse,
men till sist kommer vi fram till huset
där Vera Kall och hennes föräldrar bodde.
Nu bor en annan familj där.
”Clausen” står det på brevlådan vid grinden.

– Vad ska vi göra här? frågar jag.

– Vi låtsas att vi är journalister, säger Urban.
Vi säger att vi skriver en artikel
om brott som aldrig har klarats upp.
Vi vill ställa några frågor.

Huset är gammalt,
men det har byggts om och rustats upp.
På gården står en bil parkerad.
När vi öppnar grinden
kommer två barn springande,
en pojke och en flicka.

– Är mamma eller pappa hemma?
frågar Urban.

Barnen svarar inte, men de rusar in i huset.
Strax därpå kommer en man och en kvinna
i 35-årsåldern ut.
Vi hälsar och presenterar oss.
De berättar att de har bott i huset i tre år.

– Köpte ni det av familjen Kall? frågar Urban.

– Vi köpte det av fru Kall, säger kvinnan.
Hennes man hade varit död i tio år.
Hon var nästan åttio år
och hade bott här ensam sedan maken dog.
Men hon orkade inte ta hand om huset längre.
Det är inte lätt för gamla människor
att bo så här.
Hon flyttade till ett sjukhem.
Hon dog för bara någon månad sedan.
Vi såg dödsannonsen i tidningen.

– Berättade fru Kall om sin dotter?
frågar Urban.

– Nej, svarar mannen,
men vi har ju hört talas om vad som hände.
Det var en förfärlig historia.
Det måste ha varit fruktansvärt
för hennes föräldrar.

Vi pratar en stund med herr och fru Clausen,
men vi förstår snart att de inte vet något
som vi inte själva redan vet.
Vi tackar nej till kaffe och åker därifrån.

På vägen tillbaka
tittar jag ut genom bilrutan mot skogen.
Om Ormblomman blev mördad
ligger väl hennes kropp nergrävd därute
i skogen någonstans.
Efter alla dessa år
kan det inte vara mer än skelettet kvar.

Men tänk om Vera Kall fortfarande är i livet.
Då måste hon ha bestämt sig för att rymma
just efter vår kärleksnatt för trettio år sedan.
Lever hon eller är hon död?
Om hon är död,
vem är då personen
som nu kallar sig Vera Kall?
Vem är det som vill ha kontakt med mig?

Det måste vara någon
som känner till min kärleksnatt med Vera.
Men ingen kan ju veta någonting.

Jag funderar.
Den person som vet något om Vera och mig
måste ha träffat Vera strax innan hon dog.
Träffade Vera någon
efter att ha lämnat mig den natten?
Ja, antagligen träffade hon sin mördare.
Var det Vera Kalls mördare
som skrev meddelandet
som jag fick på hotellet?
Är det Ormblommans mördare
som tänker komma till stugan på lördag?

9.

Det är fortfarande några dagar kvar
till lördag.
Torsdag förmiddag får vi besök
av en annan person
som är väl insatt i fallet Vera Kall.
Det är kommissarie Keller,
polisen som undersökte vad som hände
när Vera Kall försvann.
Nu är han över sjuttio år.
Han är pensionerad sedan länge.
Men han är fortfarande intresserad
av att få veta
vad som egentligen hände med Vera Kall.

– Jag ringde och bad honom komma hit,
säger Urban.
Jag sade att vi har en del nya uppgifter,
som han kan vara intresserad av.

Vid elvatiden kommer Keller.
Jag minns inte om jag har träffat honom förut.
Jag känner i alla fall inte igen honom.
Han är liten och mager
och bär på en stor portfölj.

– Jag tog med mig en del gamla papper
om Vera Kalls försvinnande, förklarar han.

Vi hälsar och sätter oss vid bordet
i trädgården.
Urban hämtar varsin öl.
Keller tar av sig kavajen.
Han hänger den på stolens ryggstöd
och kavlar upp skjortärmarna.
Sedan tittar han på Urban och mig och säger:

– Nå, låt höra vad ni vet.

Efter en halvtimme har jag berättat det mesta
om min kärleksnatt med Vera Kall.

– Det var själva fan, säger Keller.
Och det här har du varit dum nog
att hålla tyst om i trettio år!

– Jag tänkte på hennes föräldrar, säger jag.
Jag tyckte inte att de behövde få veta
att Vera var berusad och låg med mig
strax innan hon försvann.

– Skitprat, säger Keller.
Du tänkte på dig själv.
Du visste att du skulle bli misstänkt
om du berättade vad som hänt.

Jag inser att han har rätt.

Jag tordes helt enkelt inte berätta.
Jag var inte bara orolig för att åka fast
utan också rädd för vad mina föräldrar,
Veras föräldrar och alla lärare på skolan
skulle säga.
Så här i efterhand är jag glad över
att jag höll tyst den gången.

Vi pratar också
om det underliga meddelandet,
som jag fick på hotellet,
och om Urbans telefonsamtal med en kvinna
som kallade sig Vera Kall.
Jag frågar Keller vad han tror om det.

– Jag tror ingenting, säger han, inte än.
Men jag vill att ni hör av er
efter besöket på lördag,
oavsett hur det går.

Under de närmaste två dagarna
läser jag färdigt Urbans berättelse.
Jag är fortfarande förvånad över
att den är så pass spännande och bra.
Det är inte mycket som behöver rättas.

Natten mellan fredag och lördag
sover jag nästan inte alls.
Jag ligger och vrider mig i den smala sängen
medan jag lyssnar till regnet
och åskan som går.

Nästa morgon klarnar vädret upp.
Urban och jag vankar nervöst omkring
på gården.
Vi undrar om vi verkligen
kommer att få besök
och i så fall av vem.
Är det möjligt att Vera Kall lever?
Kommer jag i så fall att få träffa henne snart?
Eller är det hennes mördare jag ska träffa?

Strax före klockan tolv
kommer en vit bil körande.
Den parkerar en bit bort.
Motorn stängs av
och i nästa ögonblick stiger föraren ur bilen.

10.

Kvinnan som stiger ur bilen
är i min egen ålder.
Hon är mörkhårig och vacker.
Hon är klädd i en mörkgrön klänning.
Det kan vara Vera Kall,
men det kan också vara någon annan.
Jag kan knappt andas. hardly breathe
Det känns som om jag har kramp i bröstet.
Vi tittar på varandra
utan att säga någonting.
Till sist bryter Urban tystnaden.

– Välkommen, mitt namn är Urban Kleerwot
och det här är Henry Maartens,

säger han och pekar på mig.
Kvinnan nickar.

– Jag heter Ewa Pieters, säger hon.

När hon har sagt sitt namn
blir det lättare att andas.
Krampen i bröstet släpper.

– Var det du som ringde? frågar Urban.

Kvinnan nickar igen.

– Men då sade du ett annat namn,
säger Urban.

– Ja, jag sade att jag hette Vera Kall,
säger kvinnan.

Hon ser allvarlig och lugn ut.
Samtidigt börjar Urban bli irriterad.

– Kan du förklara vad i helvete du menar,
säger han.
Vem är du egentligen
och varför påstår du
att du heter Vera Kall?

– Jag är Vera Kalls kusin,
säger Ewa Pieters.
Jag har fått veta vissa saker,
som polisen aldrig fick reda på.

– Kan du vara snäll och tala om
vad du vet, säger jag.
Vad hände med Vera, till exempel?
Vet du det?

Kvinnan dröjer med svaret några sekunder.
Samtidigt tittar hon på mig.

– Jag vet att du hade något att göra
med min kusins död, säger hon.

Jag kan knappt dölja min ilska.

– Det är rena fantasier, säger jag.
Jag har ingen aning om
vad som hände med Vera.
Varken Urban eller jag vet någonting.
Nu vill jag att du förklarar dig.

Ewa Pieters tackar ja till en öl.
Vi sätter oss vid bordet i trädgården.
Sedan börjar hon äntligen berätta.

– Jag tyckte mycket om Vera,
säger hon.
Vi var nästan som syskon
trots att vi bara var kusiner.
Våra mammor var systrar.
Vi träffades alltid på helger och lov.

– Det var en chock när Vera försvann.

I trettio år har jag undrat vad som hände.
Som de flesta andra trodde jag
att hon råkade ut för en våldtäktsman
den natten, en galning som slog ihjäl henne
och gömde kroppen.
Men så i våras låg moster Ruth för döden.
Veras mamma, alltså.
Pappan dog för mer än tio år sedan.

– Vi vet, säger jag.

Hon tittar förvånat på mig
innan hon fortsätter.

– Jag besökte moster Ruth på sjukhemmet
samma dag som hon dog.
Hon var mycket svag.
Jag satt vid sängkanten och höll hennes hand.
Hennes läppar började röra sig,
men det kom inga ljud.
Jag böjde mig närmare och lyssnade,
tätt intill hennes mun.

Då hörde jag vad hon sade.

Hon sade:
”Vera... skrivit... Henry Maartens fel.”
Det var allt. Hon sade inget mer.
En kvart senare var hon död.
Det blir tyst kring bordet.
Varken jag, Urban eller Ewa Pieters
säger någonting.
Jag lutar mig tillbaka i stolen.
Samtidigt går solen i moln.

11.

Ewa Pieters tystnar.
Nu är det min tur att berätta för henne.
Jag talar om att jag och Urban har besökt
Vera Kalls barndomshem
och att vi har pratat med kommissarie Keller.
Jag berättar också om min kärleksnatt
med Ormblomman.
Jag försäkrar henne
att jag inte har en aning om
vad som sedan hände med Vera.

Ewa tänder en cigarrett och tittar på mig.
Det ser ut som om hon tror
att jag talar sanning.

– Jag har funderat mycket över
vad min mosters ord på dödsbädden
kan betyda, säger hon.
”Vera... skrivit... Henry Maartens fel.”
Det var de sista orden hon sade.
Det lät så konstigt.
Jag lyckades i alla fall ta reda på
att en viss Henry Maartens hade gått
i Veras klass.
Men jag hade ingen aning om var du bodde
eller hur jag skulle få tag på dig.
Så dök du plötsligt upp på Hotell Continental
för en vecka sedan.
Jag arbetar på hotellets kontor
och såg ditt namn i några papper.

– Och det var då du fick idén
att skicka ett meddelande till mig, säger jag.

– Just det, säger Ewa.
Jag bestämde mig för
att skriva meddelandet i Vera Kalls namn.

Jag ville se hur du reagerade.

På måndagen följde hon efter Urban och mig
ut till stugan.
Hon antecknade Urbans bilnummer.
Hon ringde till bilregistret
och fick veta hans namn.
Sedan var det lätt att ta reda på
numret till hans mobiltelefon.

– Vi vet fortfarande inte
vad som hände Vera Kall
den där natten, säger Urban.
Jag hade hoppats
att vi skulle få svaret på gåtan i dag.
Men vi vet ännu inte om hon blev mördad
eller om hon försvann på något annat sätt.

– Vi måste ta reda på vad Veras mamma
egentligen menade med sina sista ord.
Har du verkligen ingen aning om det?
frågar jag Ewa.

– Nej, egentligen inte, säger hon.
Först trodde jag att det måste vara du
som dödade Vera
och att hennes mor visste om det.
Men varför skulle hon i så fall
ha hållit tyst om det?
Jag har inte hittat något bra svar
på den frågan.

– Det finns inget svar, säger jag.
Jag dödade inte din kusin.
Jag älskade henne.

Vi sitter länge och försöker förstå
vad Veras mamma kan ha menat
med sina sista ord,
men vi kommer inte fram till något vettigt.
Just ordet ”skrivit” måste betyda någonting.
Det finns en liten chans att hon menade
att hon någonstans har skrivit ner
vad hon visste.

Ewa berättar att hon har flera kartonger
med papper och annat,
som hon fick ta hand om efter mosterns död.

– Eftersom jag var hennes enda släkting i livet
fick jag ta hand om hennes saker, säger hon.
Jag har inte haft tid än
att titta ordentligt vad som finns där.
Men om ni vill kan vi åka hem till mig
och leta genom moster Ruths papper.
Det är möjligt att vi hittar något intressant.

Medan vi pratar om detta
tänker jag åter på min kärleksnatt med Vera.
Jag tänker på hennes vackra kropp
i sommarnatten,
hur vi smekte varandra och älskade.
Senare måste hon ha smugit sig upp
ur sängen, försiktigt för att inte väcka mig.
Hon klädde på sig och skrev en lapp
som hon lämnade på mitt skrivbord:

Jag åker nu.
Jag vet inte
hur det kommer att bli,
men jag vet att jag älskar dig.
Vera

Sedan gick hon nerför trappan,
satte sig på cykeln
och började cykla hemåt.

När jag tänker på hennes hemfärd
börjar jag plötsligt ana någonting,
misstänka något fruktansvärt.
Tänk om hon inte mötte någon längs vägen,
ingen galning, ingen våldtäktsman.
Tänk om allt hände lite senare.
Det kan i så fall bara betyda en sak...

Nej, herregud, tänker jag,
så kan det väl ändå inte ha gått till?

12.

Ewa Pieters, Urban och jag
hjälps åt att leta efter ledtrådar.
Vi söker genom papper och andra saker,
som Vera Kalls mamma har lämnat efter sig.
Vi håller på i tre timmar
utan att hitta något intressant
om Veras försvinnande.
Vi får inga svar på våra frågor.

– Fanns det inget testamente? frågar Urban.

– Testamente? säger Ewa Pieters.
Nej, jag var ju den enda arvingen.
Det fanns inga andra släktingar i livet.

Moster hade väl ingen anledning
att skriva testamente.
En advokat ringde till och med till mig
för att tala om
att det inte fanns något testamente.

– Hörde han av sig bara för att säga det?
frågar Urban.
Var det allt han ville?

– Ja, svarar Ewa. Det var bara det.
Advokat Hegel heter han.

– Vi ringer honom, säger Urban.
Det är konstigt
att en advokat ringer bara för att säga
att det inte finns något testamente.
Det är något som inte stämmer.
Vi måste ta kontakt med advokat Hegel
och fråga vad han menade.

Ewa ringer till advokat Hegel.

Trots att det är lördagskväll
ber han oss att genast komma till hans kontor
Det är inte långt dit från Ewas hus.
Efter en halvtimme är vi där.

Advokat Hegel är i 60-årsåldern.
Han har mörk kostym, ljusblå skjorta
och slips.
Vi hälsar och sätter oss i de mjuka fåtöljerna.

– För 28 år sedan fick jag besök av Ruth Kall,
Veras mamma, berättar han.
Det var då precis två år sedan
hennes dotter försvann.
Hon lämnade ett brev till mig
och talade om vad jag skulle göra med det.
Brevet fick inte öppnas eller lämnas vidare
så länge någon av makarna Kall levde.
När både herr och fru Kall var döda
skulle jag behålla brevet i ytterligare tio år.

Om någon frågade efter brevet,
skulle jag lämna ut det.
Annars skulle jag förstöra det efter tio år.

– Menar ni att vem som helst
kunde komma och fråga efter brevet?
säger Ewa Pieters.
Hade ni inte order om att lämna ut det
till någon viss person direkt efter mosters död?

– Nej, säger advokat Hegel.
Fru Kalls önskemål var väldigt speciella
på det sättet, speciella men tydliga.

– Och nu har vi alltså kommit
och frågat efter brevet? säger Ewa.

– Ja, det tycker jag att man kan säga,
svarar Hegel.
Nu har ni kommit och nu gör jag min plikt.
Varsågod, det går bra att läsa brevet.

Han ger Ewa kuvertet.
Det blir tyst några sekunder.

– Öppna kuvertet! säger Urban. Läs!

Ewa viker upp brevet.
Det är två papper med handskriven text.
Hon lägger dem framför sig på bordet
och tittar på det översta papperet.

– Läs högt! skriker Urban.
Läs högt, för helvete!

Ewa Pieters drar ett djupt andetag.
Sedan börjar hon läsa.

13.

På måndag förmiddag kör flera polisbilar iväg
till huset där Vera Kall bodde.
Ewa, Urban och jag
har också fått tillstånd att vara med.
Vi åker i kommissarie Kellers bil.

– Jag borde ha förstått det tidigare, säger Ewa.
Om moster Ruth visste något,
så måste det ju betyda
att Vera kom hem den natten
och träffade sina föräldrar.

– Ja, nog kom hon hem alltid, säger jag.

– Jag kan trots allt förstå
varför Veras mamma aldrig gick till polisen,
säger Ewa. Nog fick de sitt straff ändå.
Ingen skulle ha haft glädje av
att hon berättade sanningen.

– Jo, polisen, säger kommissarie Keller.
Det skulle ha sparat en massa arbete för oss.

Vi kommer fram till huset
strax efter klockan elva.
Herr Clausen står på gården
och väntar på oss.
Hans fru och barnen är inte där.
Det finns ingen anledning
att de ska behöva vara med om
det som snart ska ske.

Sex polismän tar fram spadar ur bilarna.
Sedan börjar de gräva på den plats
som fru Kall har beskrivit i brevet.
Vi andra står en bit därifrån.

Plötsligt börjar Ewa gråta.

– Det känns så overkligt, säger hon.
Jag kan inte tro att det är sant.
Ändå vet jag ju
att det var precis så det gick till.
Veras pappa kunde bli mycket arg.

– Jag har tänkt på en sak, säger Urban.
Om inte Vera hade varit så förbannat ärlig,
så skulle det aldrig ha hänt.
Hon borde ha ljugit i stället.
Hon kom hem klockan fem på morgonen
och berättade för sina stränga föräldrar,
att hon hade druckit sig full
och gått i säng med en pojke.
Vad fan väntade hon sig egentligen?

– Han behövde inte slå henne, säger Ewa.
Om hon hade vetat att han skulle göra det,
hade hon kanske ljugit.
Men Vera var alltid ärlig.

Glöm inte bort att det var en olyckshändelse.
Han menade inte att döda henne.

Jag blundar och försöker tänka mig
hur det gick till.
Veras föräldrar satt vid köksbordet
och väntade. De var oroliga och trötta.
Vera kom hem och berättade
om sin kärlek till mig
och att vi hade älskat med varandra.
Hennes pappa, den stränge prästen,
reste sig upp och slog till henne.
Vera ramlade på ett olyckligt sätt.
Hennes huvud slog
i det vassa hörnet på spisen.
Inom en minut var hon död.
Så skrev i alla fall hennes mamma i brevet.

Jag gissar att föräldrarna bad böner till Gud.
Kanske fick de svar på sina böner.
Kanske befriade Gud dem från skulden.
Då kunde de i stället lägga skulden på mig.

Om jag inte hade legat med Ormblomman
skulle hon inte ha dött. Alltså var felet mitt.
Det var det som fru Kall hade menat
med sina tre sista ord: ”Henry Maartens fel.”

Jag rycker till
när Ewa lägger handen på min axel.

– De har nog hittat henne nu, säger hon.
De har stött på gammalt, murket trä.
Det måste vara kistan.

De begravde henne i alla fall i en kista.
Det skrev fru Kall i brevet.

Poliserna gräver upp Ormblomman nu.
Jag går bort och ser på.
Det gör Ewa Pieters också.
Vi står bredvid varandra.
Jag gråter och håller Ewas hand i min.
Det känns som om hennes hand
hör hemma där.